FLYER
PACIFIC
HIGHWAY
One

Título original: *Wie man Gespenster verjagt*
Editor original: Carlsen Verlag GmbH, 22765 Hamburg
Texto: Stefan Gemmel
Ilustraciones: Cornelia Haas

Traducción: Isabel Romero

1ª edición Mayo 2017


Aribau, 142 pral. – 08036 Barcelona
www.edicionesurano.com
www.uranito.com

ISBN: 978-84-16773-30-5
E-ISBN: 978-84-16990-17-7
Depósito legal: B-6.773-2017

Fotocomposición: Ediciones Urano, S.A.U.

Impreso por: Gráficas Estella, S.A.
Carretera de Estella a Tafalla, km 2 – 31200 Estella (Navarra)

Impreso en España – *Printed in Spain*

# Cómo cazar fantasmas

Con versos de Stefan Gemmel
e ilustraciones de Cornelia Haas

Uranito

Argentina • Chile • Colombia • España
Estados Unidos • México • Perú • Uruguay • Venezuela

FLYER
One

Por la noche…

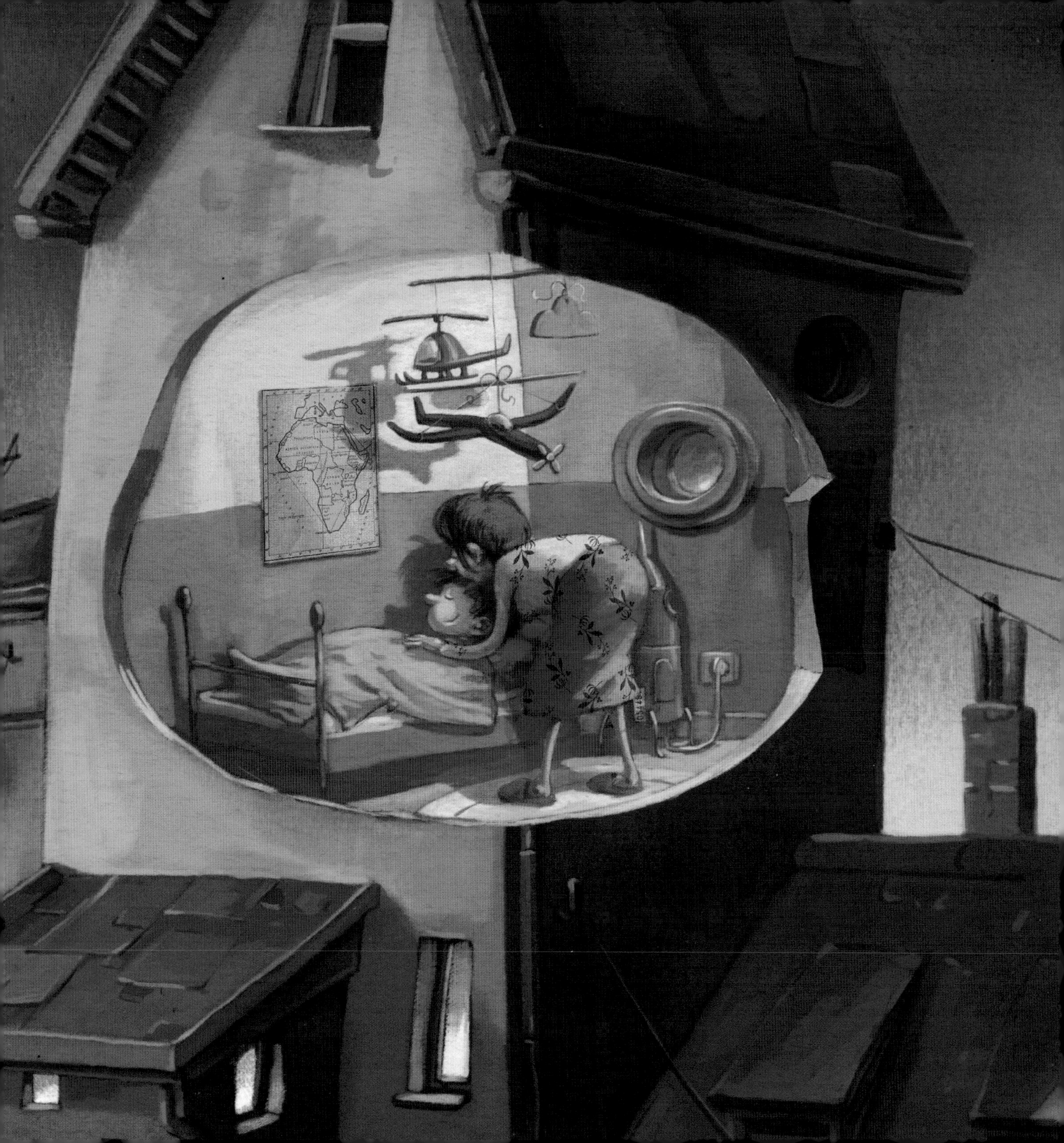

Por la noche, cuando Finn quiere dormir
reina en el mundo un silencio de ultratumba,
ni un ruido más, ni la luz de un candil;
entre nosotros:

esto a Finn lo perturba.

Entonces
siente tal

Que de su estómago
sale un inquietante
RUGIDO ATRONADOR
Le tiemblan hasta
la piel y los huesitos
Y muy fuerte late
su corazoncito.
PUM
PUM
PUM
PUM
PUM

Finn cree que un horrible fantasma ha aparecido como muchas veces ya ha sucedido.

Piensa que flota en el aire detrás de él.

¿Qué hará Finn?
¿levantarse y huir para escapar de él?

¿Qué hará?
¿Sollozar, lloriquear y acabar berreando?

¿O, saldrá de su habitación corriendo y gritando?

Finn tiene una idea sobresaliente:

# ¡Porque yo

# soy todo un valiente!

ALASKA
NACO

Tan rápido y veloz que ni lo ves,
un libro abre esta vez.
La luz de la lámpara ha encendido,
para hacer un hechizo atrevido.

«Óyeme bien fantasma horripilante
Y para que lo sepas, de ahora en adelante,
Tú a mí no me asustas más.

**Pues soy todo un valiente, ya verás.»**

¡Con los conjuros de este libro encantado,
el espectro está siendo hechizado!

«Para empezar lanzo mi hechizo
a tu pálido mirar plomizo.
¡Y de tus grandes ojos horripilantes
me llevaré el terror escalofriante!».

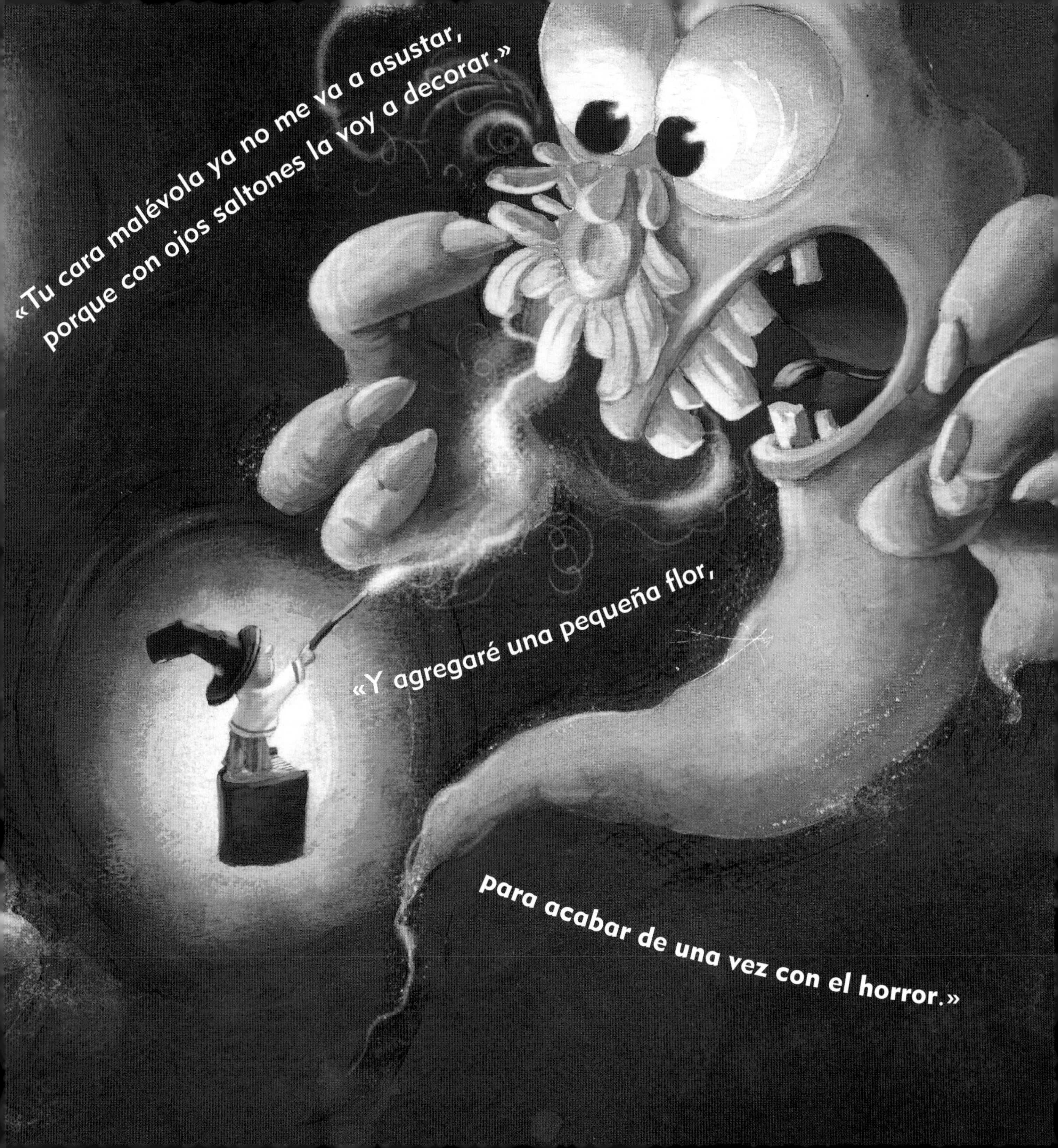

«Tu cara malévola ya no me va a asustar,
porque con ojos saltones la voy a decorar.»

«Y agregaré una pequeña flor,

para acabar de una vez con el horror.»

«Tu cuerpo retorcido y delgado,
avanzando a tropezones agitado,
con tu blanquecino resplandor
flota descolorido por mí habitación.

¡Estrellitas de colores por todas partes!
¡y un traje colorido cosido con mucho arte!
Algunas rayas aquí y otras allá.

**Porque de miedo... yo ya nada de nada.»**

«Miro tus enormes manos,
tus garras retorcidas y rasposas...
¿Así pretendes tú atemorizarme?
¿Y por la noche de mi sueño despertarme?

¡Mejor te regalo entonces unos guantes de angora!
Esponjosos y suaves como los que ves ahora,
blandos como las nubes y para nada pesados
geniales para fantasmas blancos y osados.

**Porque de miedo... yo ya nada de nada.»**

«Pero ¿qué veo en esa cara loca?
¿En esa bóveda negra que tiene por boca?
Esa lengua pesa toneladas y se bambolea de
tantos dientes torcidos que zigzaguean.
Aquí va un conjuro que me enseñó
mi abuelo:
¡Que todos tus dientes se vuelvan
de caramelo!
Tu boca, llena de dulces y mermelada…

**Porque de miedo yo…**
**ya nada de nada.»**

Termina el encantamiento y lo invade
a Finn un pensamiento...
¿Habrá surtido efecto? ¿Seguirá todo como estaba?
Y con mucho cuidado vuelve hacia atrás su mirada...

19.7.
20.4
1
054489

¡Finn no puede contener una risotada!
«Don Sonrisas, ¿qué he hecho con tu cara?
El miedo que dabas ya te lo he quitado,
y tu nuevo aspecto ¡muy bien te ha sentado!».

Ahora a Finn ya nada lo asusta.
¡Pues tiene delante una sonrisa robusta!

«Ya no miras con aire sombrío y tremebundo.
Y sin causar terror sales al mundo.
Así que a ti feliz me puedo acercar...

**porque ya tú miedo no me das.»**

Feliz y contento ahora me verás
Porque tu nuevo aspecto me gusta aún m
Y si yo también te gusto a ti
Juntos y alegres iremos a dormir.
Serás mi almohada cuando tenga sueño,
¡De mis abrazos tú eres el dueño!
Susurrando palabras de cariño…

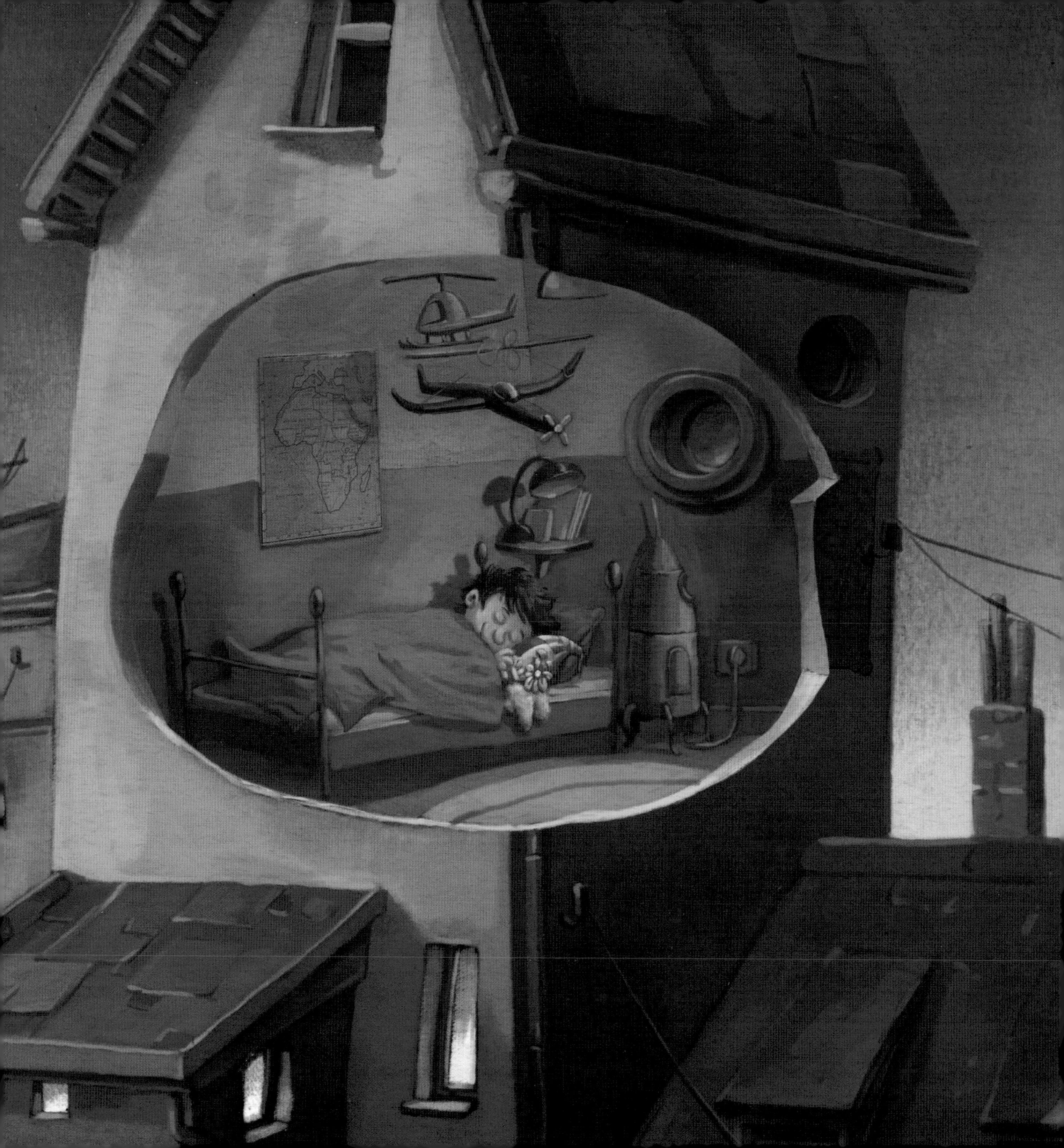

dormiremos tranquilos fantasma y niño.

FLYER
One

Fotografía privada

**Stefan Gemmel**, nació en Morbach (Alemania) en 1970. Además de escribir libros de gran éxito para niños y jóvenes (traducidos a 18 idiomas), dirige proyectos de literatura y talleres de literatura infantil. Ha recibido numerosos reconocimientos por sus originales lecturas, veladas literarias y talleres, entre ellos el de *mejor contador de historias del año 2012* y la Cruz federal al mérito de la República Federal de Alemania.

Fotografía CARLSEN Verlag

**Cornelia Haas**, nació en 1972 en las cercanías de Augsburg. Hizo una formación en manufactura de carteles y señales luminosas. Pero colgó los carteles y esta profesión para estudiar diseño gráfico en Münster. Y como le satisface más pintar dibujos que plantillas, en la actualidad ilustra con gran entusiasmo libros infantiles y juveniles. Trabaja y vive en Münster.